하늘과 땅의 그대

하늘과 땅의 그대

류종민 시집

초판 인쇄 | 2014년 10월 05일
초판 발행 | 2014년 10월 10일

지은이 | 류종민
펴낸이 | 신현운
펴낸곳 | 연인M&B
기 획 | 여인화
디자인 | 이희정 인명교
마케팅 | 박한동
등 록 | 2000년 3월 7일 제2-3037호
주 소 | 143-874 서울특별시 광진구 자양로 56(자양동 680-25) 2층
전 화 | (02)455-3987 팩스 | (02)3437-5975
홈주소 | www.yeoninmb.co.kr
이메일 | yeonin7@hanmail.net

값 8,000원

ISBN 978-89-6253-157-2 03810

하늘과 땅의 그대

류종민 시집

연인M&B

시인의 말

세상에 가장 보잘것없는 것이
가장 존귀한 것이 되며
세상에 가장 낮은 곳에 있는 것이
가장 고귀한 것으로 변하는 것
이것이 시인의 연금술이다.
그것은 철학자의 돌이기도 하지만
시인은 언어의 연금술로
세상을 새롭게 만든다.
죽은 자를 살리고
썩은 것을 재생시키며
저무는 세상을 새로이 건립한다.
어차피 세상은 음양 속에 있으니
밤이 가면 새벽은 오는 것
깨기 위하여 꿈을 꾼다.
그 꿈이 비록 세상 밖에 있어도…….

2014. 9.

之江 류종민

차
례

2

3

4

5

1

몇 번이고 다시/깨어 나면서
내 몸은 황금이/되었기 때문이다

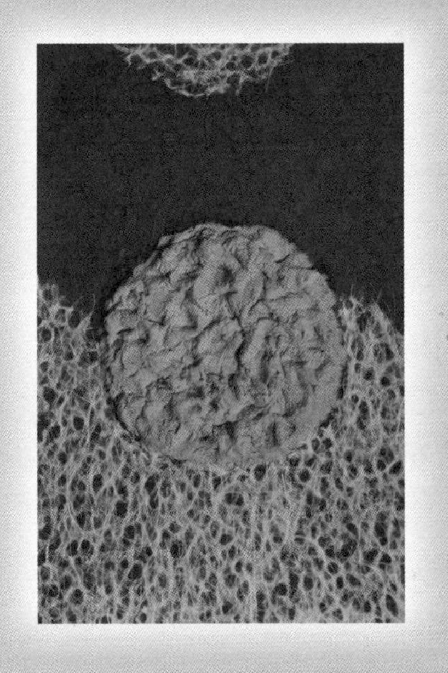

황태

북풍이 동장군을 몰아세우고
언덕에 매달린 나를
냉동했다
동해는 얼지 않았으나
내 눈은 얼음 속에 있었다

몇 번이고 다시 깨어난 나를
사람들은 약이라 한다
술 취한 사람도
새벽을 걸어가는 사람도
깨기 위하여 나를 먹는다

몇 번이고 다시
깨어 나면서
내 몸은 황금이
되었기 때문이다

삶의 조각

당신이 삶을 조각한다고?

아무리 부쳐도 거죽만 늘어나고
아무리 깎아도 뼈에
이르지 못하네

부질없이

부치고 깎는 일이
조각이 아닐진데

당신은 삶을 조각할 수 있는가

그 자리

생각으로
헤아릴 수 없는
언덕을 넘어
도장 찍을 수 없는
허공에
말 부칠 수 없는
한 형용이 있다

팔만 사천의 사량이
빛살로 쏟아진 강엔
시간을 타고 흐르는
눈부신 다리가
반짝이고 있다

그림자 없는 그가
다리를 건너 간
그 자리엔
천강에 비쳤던
달빛만 덩그렇다

투명의 씨

불면의 밤에
홀로 깨어나 앉은 사람

그 좌정한 손 위에는
잘 익은 과육의
씨 몇 개 놓였네

어디에도 심을 수 없는
투명의 씨 하나

아득한 선반 위에
올려놓고
하늘의 별과
달빛을 받으니
이 밤에 불면의
밭고랑이 풍성하네

원적

이른 새벽
어디서 들려오는
발자국 소리

점점 멀어지더니
다시 적정이
찾아왔다

원래 적정한 이곳에
지나가는 바람같이
어디서 와서
어디로 갔는가

먼 도시의 소음은
잠 잘 줄도 모르지만
마음의 빈 공터는
소리마저 잠들었다

전위

그것은 검은 잉크다
말이 되어 일어나 앉은
선반 위의 사물

그것은 모양 없는 문자다
폭풍을 몰아오고
대해에 잠드는 바람

그것은 생각으로 빚은 별이다
수억만 년 빛을 발하다
새벽 종소리에 사라져 버리는

그것은 다함없는 실체
부동의 그림자다
꿈에서 깨어나는 수많은 나무들

삼태극三太極

이 밤에 또 수많은
별이 탄생하네
세 개의 꼬리를 달고
밤의 한가운데서
회전하더니
서서히 멈추고
드러난 모습
대문에 그려진
우리 삼태극

미래의 어느 때
안드로메다은하와
우리 은하계가 마주칠
오천억 개의 별들이
춤추는 중심의 한가운데
가장 멋있는 저 삼태극

하루살이의 잠

매일 잠을 잘 때 죽고
깨어날 때 살아난다
삶과 죽음이 붙어 있건만
삶만 함께 있고 죽음은 멀리 있다
세간世間에선 잠 자 죽고
출세간出世間에서 깨어나 살면
세상 나들이 자재自在로 하겠지만
이곳에서 그곳은 가지 못할 곳으로 안다

삶과 죽음이 한 길 위에 있는데
어제와 오늘이 다르듯
오늘과 내일이 하늘 땅 만큼 다른 줄 안다

어제 잠든 곳에서 오늘 깨어나고
오늘 잠든 곳에서 내일 깨어나건만
잠든 곳은 잊고 깨어난 곳만 안다면
죽음을 모르고 살고 있는 하루살이
너는 어디서 잠들었기에
오늘 이곳에서 하루를 사느냐

무화無化

둥글게 휘어진 궁륭
천정에서 쏟아지는 빛은
보이지 않는 바닥을 비춘다

바깥 숲이 명경에
거꾸로 비치고
투명 옷을 입은 사람이
숲을 밟고 지나간다

실내악이 멈춰선 그곳
명경에 비친 시간은
흐르지 않고
내 그림자도 어디 가고 없다

시간이 사라져 버린 이곳에
찾을 수 없는 나는 어디에 있는가

겨울 열매

피라칸사
앙구스티폴리아
장미과의 붉은 열매
모든 잎 다 떨어진 겨울에
가시 돋친 작은 잎 사이
유난히도 붉은 열매
눈 덮인 언덕 아래
붉은 가슴 태워
죽음으로
승천한

병사들의 묘역에

콘크리트

굳어짐으로서 생기는 이름
물체는 그래서 이름을 얻는다

용광로에선 불물
용암의 굳은 형상에도
작명가가 붙는다
만물상 귀면암 장군봉
거북바위 부처바위

구름이 콘크리트가 되면
무슨 이름들을 얻을까
한 생각이 허공에서 굳을 때
이름의 세계는 어떻게 굳을까

아이야
네 꿈속의 세계가 굳고
네 희망이 굳어
세운 나라가 있다면
그 이름도 굳힐 수 있겠느냐

이단

줄서는 곳에
그 꽃은 피지 않아
쓰고 달고 매운 열매는
그곳에 열리지 않아

기계인간 중에
도망친 유독 하나
역사를 바꾸고
문명을 바꾸네

줄 서는 대열 속에
없는 그것은
하늘도 땅도 모른다네

유리벽

미물만이 유리벽을
이해하지 못하는가
벌레들은 유리벽을 돌며
보이지 않는 장벽에 통탄하고
물고기는 어항을 돌며
유리벽을 그들의 세계라고 믿는다
새들은 창공인 줄 알고 날아가다
유리벽에 부딪혀 죽었다
그중 한 마리 새가
유리벽을 뚫고 들어와
불사조가 되었을 뿐
그러나 내 오늘 유리벽을 지나려다
심한 타박상을 입었다
순간 번개처럼 일어나는 미망의 연민
유리벽에 머리 박고 죽은 새야
내 너를 비로소 애도한다

돗자리 풍경

한세상 물레 감기는 소리
풀어서 짜는 그림은
오방색 짙은 돗자리가 되어
바닥에 깔린다

그 위로 황혼의 물감이 풀어 놓은
노을과 암갈색 갈대가 부대끼며
사그락 대는 소리

비취빛 호수가 황금으로 물들면
노니는 고기도 다 금으로 변해
갈대숲에 잠든다

돗자리 위에 핀 풍경 속에
일몰의 새들이 돌아가면
일렁이는 그림자 안고
그대 꿈속의 잠을 잔다

해빙

안으로 끓고 있는 불덩이
화산의 재는 다 연소하지 못하고 굳었다
극極에서 짜개지는 빙벽은
만년의 시간을 재로 만든다
그대 어디를 오르는가
빙벽은 불덩이에 녹아내리고
그대 하늘은 증발하고 있다
화산재 위에 피는 꽃
녹색 정원이 멀기만 하다

그대 서 있는 키의 높이로
세상은 자라고
그대 주저앉는 크기만큼
무너져 내린다
그대 속 빙산이 녹아내릴 때
그대 눈높이로 잠기는 해수면

회오리 바다가 질주하며

내려다보는 태풍의 눈
그 눈 속에 명멸하는 파노라마

미추골 어부

옛 미추골 왕국에
꿈꾸었던 어부는
지금도
깨어나지 못한
고기를 잡는다

바람과 구름도
잠들었다 깨어나고
졸고 있던 마을도
딴 이름이 되었는데

아직도 꿈꾸는
바다에서
그 어부는
홀로 미몽에서
깨어나지 못한
고기를 잡는다

구도

둥근 테이블
사각 의자
삼각의 사람
뭉툭한 시간을 눌러
무엇을 그린다
팔각의 별이
무수히 태어난다
별 속에 삼각의 사람들이
예리하게 빛나고 있다
둥근 원이 될 때까지

2

그대 서면 하늘과 맞닿고/그대 앉으면 땅과 하나 되네
좌정한 그대는 한 그루 나무/시간을 뛰어넘는 한 그루 나무

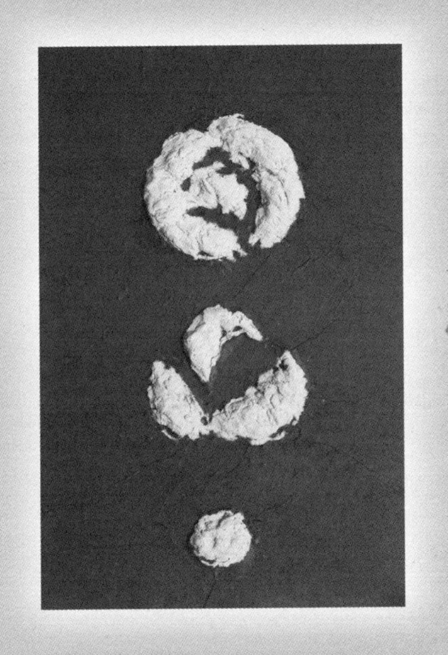

하늘과 땅의 그대

하늘과 땅이
그대 속에 녹아들어
그대는 하늘 그대는 땅

그대 샘 속의 하늘엔
샛별이 반짝이고
그대 한 웅큼 흙 속엔
반만년 나무가 자라네

그대는 산과 강
그대는 구름과 비
세찬 질풍도 그대 속에 잠자네

그대 서면 하늘과 맞닿고
그대 앉으면 땅과 하나 되네
좌정한 그대는 한 그루 나무
시간을 뛰어넘는 한 그루 나무

다중 우주의 창

수많은 소리와 영상이 겹쳐
그 창문을 열기 쉽지 않네

화산이 터지는 소리
그 사막에는 바람만 부는데
이 파도는 어디서 부서지나

달리는 열차에는 설산이 눈부시고
아이의 눈망울에 눈꽃이 피었는데
세계는 요요하고
만다라의 핵심은 멀기만 하다

마음의 변방에 핀 요원한 풍경
그 누구도 이르지 못할
꽃 한 송이 받쳐 들고
시공이 겹친 세계에서
또 하나의 나를 보네

빛의 바다

무연히 허공에 둥 떠
영겁에 점 찍는 둥글고 둥근 회전

요요히 그 가운데로부터 뻗어
바다에 은 비단길을 놓았다

찰랑이며 떨리는 무량한 이파리를 딛고
어느덧 망연한 수평에
서 있는 나

어느 방위로도 가없는 표백의
한 점에서
당신의 빛살로
건져 올리는 내보이지 않는 육신에
떨어져 쏟아지는
이 환희의 비, 무량의 빛살
혼신의 힘으로 받아 마시다가
홀연 부스러져 빛이 된다. 허공이 된다

한없이 당신이 쏟아 주는
넘치는 이 은총을
이 작은 그릇으론 받아 담지 못한다

저 보이지 않는 무한의 그릇 속에
삼천 대천 세계로 방사하는
억천만 개의 은빛 빛살 중
그 하나의 작고 작은 빛살이
그대와 나다

투명옷의 그림자

달은 태양과 지구의 그림자
달은 스스로를 보지 못하여
천강에 비춰 제 얼굴을 보는가

너는 마음의 그림자
스스로 보지 못하여
거울에 비친 얼굴로
제 마음을 보는가

비쳐 볼 수 없는
그림자 아닌 그대는
어느 언덕을 넘어오고 있는가

투명 옷을 입고
내 속으로 들어와
그림자 아닌 나를
흔들어 깨운다

하나

내 몸은 작은 우주
알지 못할 나들이
모여 사는 작은 우주

오늘 많이 태어나고
내일 많이 사라지네

낱낱이 하나인데
오고 감이 다른 것은
작은 우주 큰 우주가
다른 줄로 아는 탓

하나, 하나의 님
하나의 우주와
그대는 하나

회담

수미산 돌기둥이
받들고 있는 하늘
둥근 원탁에는
오늘도 이 행성을 구할
은하의 회담이
끝나지 않고 있다

상흔의 강

겨울 양수리에서 보았지
번개가 친 자국 따라
짜개진 겨울 강

아득한 언덕 보이지 않는 끝까지
쩡하는 울림으로 강은
시원히 몸을 찢었다

찢어진 사이로
수정같이 맑은 피가
번개에 덴 상처를
곱게도 아물려
투명의 길을 내었다

태고의 바람이
하늘의 길을
짜개진 강 사이에
옮겨 놓았다

모두 춤

죽은 자는 누워 움직이지 않으나
살아 있는 모든 것은
춤추고 있습니다

바람이 부는 대로 깃발은 나부끼고
갈대는 파도치며
돛배는 달립니다

태어난 모든 것은 죽을 때까지
춤추고 있습니다

심장이 뛰는 대로
멈추지 않는 율동이 천지에 닿아
깊이를 알 수 없는 바닥과
높이를 알 수 없는 천정까지
다할 수 없는 노래로
춤추고 있습니다

작은 물방울 속에서도

살아 있는 약동이 차고 넘쳐
멈출 줄 모르는 생명을 다하여
모두가 춤추고 있습니다

불나비

제 몸 태워 죽음에 이르는
불을 사랑하는 불나비
너의 어디에 불씨가 있어
불을 향해 날아가는가

광란의 춤으로
허공을 맴돌다가
마지막 불에 온 생명을 태우고
짧은 한생을 마감하는 너

미망의 한 톨 불씨
남김없이 태워
다시 태어나면
불 아닌
빛을 사랑할지니
그때 이름은
빛 나비 되리

선재

아이야 너는
그 별에
가 보아라
60조의 티끌로
이루어진 몸이
60억 사는 그 별엔
빛으로 된 사람도
있으려니
그 사람 만나거든
물어라
티끌이 곧
빛이더냐고

막손

임자의 수상은 막손
지능과 감정 선이 붙어
한 일자라네

생명선 위에
두 개의 선이
하나로 붙은
희귀한 막손

감성지의 미학이라도
찾아올 셈인가
대통 맞은 큰일이라도
이룰 셈인가

통합의 시대
지성과 감성이
하나 되어
오늘을 보라는

한 일자 막손
나는 알 수 없어

길 사이 길

하나에 하나를 더해
둘이 된다고 배웠지

하나에 하나를 더해
천도 되고 만도 되니
무량한 그 도리는
참 알기 어려워

눈 뜨고 철들어
아는 듯 모르는 듯
길 사이 길 있는 줄
깨닫기 어려워

화인의 불능

인생을 그리는 화가가 있다면
그의 화폭은 얼마나 길까

저 작은 옹달샘 실개천 지나
나무와 산이 담긴 못 속에 노닐다가
바람 세찬 언덕 지나 폭포로 뛰어내리며
바위와 부딪치는 강을 따라서
어느 바다 포구에 이르렀는데
내리는 사람과 떠나가는 배
번갈아 타며 어디로 갈까

빈 화폭에 점 하나
찍더니 그것마저
한 붓으로 지워 버리고
인생은 그릴 수 없다고 하네

신 기탄잘리
—봉헌송

무엇을 바치리이까
구족되어 장엄한 당신에게
이 마음 곳간의 무엇을 바치리이까

당신의 빛이 쏟아져 들어와
어두운 구석 다 비출 때까지
새벽에 바치면 저녁에 차고
밤새 두고 꿈꿀 수 없어 또 바치지만
먼지로 된 세상 이 한 몸이 먼지이거늘
어디서 먼지 아닌 것을 찾겠나이까

이제 해가 떠오르면
숲 속으로 가서 새소리를 들으렵니다
그들은 몇 마디 말로 자기들의 마음을 다 얘기합니다
빛과 함께 있는 먼지가 그들의 소리 속에는 많지 아니 합니다

숲속을 지나 강으로 갑니다
물살이 적은 샛강은 얼어 있고
매서운 바람에도 큰 강의 새들은 유영을 합니다

오직 가질 수 없는 무엇을 구하고 채우려는 듯
그러나 강은 말하지 않습니다
오직 빛살과 함께
천 개의 물살 천 개의 소리가 반짝이며
시간을 따라 흘러가지만 강은 새처럼 말하지 않습니다
천 마디 말보다 한 오리 하늬바람에 춤추며
강의 빛살에 쪼개져 만 가지 모양으로 흩어질 뿐입니다
흩어졌다가는 모이고 모이는 듯 뭉쳐서
하나의 빛 다리를 놓습니다
해가 비치는 그 자리로부터 이곳까지
수많은 금실을 풀어 수놓고 있습니다
형용할 수 없는 말로 당신의 빛을 형용하고 있습니다
내 눈은 말을 잃고 당신 앞에 엎드려 절합니다

아무것도 바칠 것 없는 제게 주는 당신의 선물은 너무도 커서
이 작은 마음의 곳간으로는 감당할 수 없습니다
세계가 이 다리를 건너 내려오고
세계가 이 다리를 건너 펼쳐집니다
이 세계는 너무나 아름답고

너무나 밝아서 형용할 길이 없습니다

오! 당신이 주시는 세계는
먼지로 된 내 몸의 곳간에 너무나 과분합니다
빛 다리를 타고 당신께 오르는 저를 받아 주시는 당신은
형용할 수 없는 말씀이시고 표현할 길 없는 사랑이십니다
엎드려 절하며 쏟아지는 눈물로 제 마음을 닦아 바칩니다
받아 주소서
저는 이곳에 없고 빛 다리 위에는
그림자 없는 제가 당신 앞에 절하고 있습니다
하늘처럼 투명한 이마가
닿을 수 없는 빛의 바닥에 닿는 순간
세계는 환희의 노래에 춤추며 천 개의 소리로 화답합니다
수많은 꽃들이 피어나며 알지 못할 열매가 가득합니다
바람은 시원하고 들리는 모든 것은 황홀하여
당신의 음성은 이미 소리가 아닙니다
새소리 바람 소리 강 소리 넘어
당신의 음성은 어떤 소리로도 형용할 수 없습니다

빛 다리에서 사라진 나는
형용할 길 없는 당신의 선물을 세상에 돌려 주렵니다
받을 길 없는 선물을 받을 수 있는 청정한 이를 찾아
다시 길을 나서렵니다
그들이 바칠 수 있는 모든 곳간을 다 비우고
이 선물로 채울 때까지

한 그루 나무의 화답

온누리에 가득 찬
아름다운 영혼들의 춤
빛으로 반짝이며 노래하누나
석양에 반짝이는 물결이 되어
신의 가슴속을 흐른다
그의 꿈속의 나는
깨어 있는 눈으로 그를 보건만
아름다운 영혼들은 꿈 밖에서
나를 본다
서로 비춰진 영혼들의 미소가
온누리에 가득 차 나를 부르건만
나는 꿈밖으로 나가지 못한다
한 그루 나무가 되어
춤과 노래로 화답할 뿐

3

묻혀도 썩지 않는/분신 위에서
황금에 닿은 뿌리와/그대의 끝이/시간의 수레바퀴를/멈추고 섰네
천년의 바람이 일고 있네/그대 속 알 수 없는 깊이에서

은행동체

원래 없었던 가지 위로
매서운 바람 지나갔네
시릴 것 없이 시린
발끝 아래
천길 속 따스한 불씨
얼지 않는 운하의 강이
어구에서 닻을 내릴
연두색 포구까지
천의 잎, 천의 몸이
그대가 되네

묻혀도 썩지 않는
분신 위에서
황금에 닿은 뿌리와
그대의 끝이
시간의 수레바퀴를
멈추고 섰네
천년의 바람이 일고 있네
그대 속 알 수 없는 깊이에서

빛살나무

한 빛살이 나무에 꼽혀
수천 순이 돋아나네

수천 빛살로 태어난
연둣빛 아가들이
재갈대며 끙끙대며
눈뜬 것도 잠간 사이
울울한 시간
출렁이는 바람 따라
온 나무를 덮었네

아득한 빛의 시간
온 곳을 그리드니
문듯 빛살의 화살 맞아
불타 떨어지네

금빛 빛살 되어
온 곳으로 돌아가네

그곳에 가면

그곳에 가면 있다
솔바람에 실려 온 다식이
향긋한 향기를 머금고 있다
마이의 바람
솔 향에 취한 사슴이
한 잎 물고 있는 잎이 있다
그곳에 가면 그 잎으로 빚은 술이 있다
취하지 않는 새벽의 꿈
지난 밤 땅에 묻힌 나무의 그림자가
아침의 햇살에 일어나는 작은 못이 있다
풍뎅이가 세상을 돌면서
둥근 파문을 일으키고
그것을 잠재우는 안개가 있다
그곳에 가면
안개 사이로 헤집고 일어나는
못의 정령이 하늘로 오르는 넝쿨이 있다
아무리 올라도 하늘에 닿지 못하고
구름이 되어 비치는 물 위에 서서
너를 바라보는 작은 짐승의 눈이 있다

알듯 모를 듯 물기 어린 눈이 있다
잘 덖은 한잔의 다신이 너의 온몸을 세정하여
하늘과 맞닿은 등성이에 세우고
먼 시간의 뒤를 빗질하고 있는
미지의 바람이 있다
그곳에 가면

아바디아 슈퍼복 찬

매해 알지 못할 선물
보내오는 제자가
이번 해 보낸 포르투갈 맥주
거품 색 좋고 잘 넘어가니
뱃속이 화끈하다

어허라 오래 가둬 둔
화산이 끓어오르는가

갈색 맥주의 거품처럼
어디 숨겨 논 그림 하나
거품 타고 떠오름직한데

어허라 뻥 뚫린 가슴에서
분수가 쏟아지네

옐로우스톤 간헐천처럼
데워져 솟구치는
저 힘을 보아라

높이 올라
세상 구경 한번씩 하고
자지러져 땅으로 스미네

지층에 숨은 맥박으로
여기까지 달려온 너
그래 한 바퀴 돌아
시간은 거꾸로 갔는데

오늘 밤 지나
내일 새벽이면
지구는 바로 서겠지

에헴

태풍 연이어 두 번 지나가고
얼룩진 공기 다 거둬 간 아침

한강 너머 먼 삼각산까지
반달 구름이 다리를 놓았는데
명경 같은 강물 위에
마음의 때 다 헹구어 내고
서래 섬 끝자락 둥근 의자
앉아 보니 동서남북이
이쁘게도 뻗어 있다

하늘 아래 사랑스런 젊은이 있어
팔베개한 얼굴을 한없이 만지니
누구 젊은 얼굴 같다

보기 민망한 영감의 내가
그래도 샘나는지
에헴에헴 하는구나

노부부의 꼬꼬꾹

햇빛 눈부신 날
연둣빛 순들도 눈부셔
노부부 잡고 가는 손엔
이해 새순이 또 피었네

영감이 손가락으로 꼬꼬 누르면
할멈 또한 꼬꼬꾹 눌러 웃었는데
어느 날 영감이 고목으로 누워
꼬꼬꾹 교신을 할 수 없었네

석양의 햇빛이 병실에 눈부신 날
할멈은 하염없이 꼬꼬꾹을 보냈는데
아니 고목에 새순이 돋아
영감의 손이 꼬꼬를 하였네
이런 기적이 있나 말의 길이 끊어진
꼬꼬가 피어났네

벽 속의 꽃

보이지 않는 벽 속에서
수많은 꽃들이 피는 소리
하나하나 벽지 위에
살아 웃더니
일제히 적멸 속에 사라진다

씨 없는 벽 속 어디에서
저 많은 꽃들이 피어 웃었나
눈을 부비면 그 속에서
씨가 웃는다
네가 본 것은 씨 속의 꽃
사라진 것은 눈 속의 씨

봉오리 장고

화려한 친구들 다 보내고
붉은 양난 한 송이 남았는데
잎 다 떨어지고
봉곳 맺힌 가지 끝
한 봉오리
언제 피려나
기다린 지 보름
이 겨울 이겨 내기 힘들 듯
꽃 한번 피우기 참 어렵구나
어떻게 도와주랴
네 꽃잎 벙거져 환히 웃는 모습
이렇듯 값비싼 것이냐

앵두 사촌

앵두나무 사촌이
큰 가지 잃어 죽자
해마다 붉은 앵두
가지마다 풍성터니
푸른 절개 잎만 무성하네
사우고개 넘어 넘어
살아서 죽은 앵두
누굴 닮아 맺지 않고
잎만 흔들거리나

불귀

넝쿨 위로 줄줄이
쏟아지는 별
하늘에서 땅으로
닿지 못하고
별들은 공중에
멈춰서 본다
벽에 내린 뿌리가
지상을 떠난 시간을
그리워한다
먼 조상이 떠난 곳에
뿌리는 굳어 돌이 되었다
돌아갈 수 없는 화석
아득히 그 화석을
내려다본다

양파

껍질 속에 알맹이
어디 있는지
아무리 까도
알맹이는 아니네

매운맛 모두 같아
알맹이 따로 없는데
무엇하러 껍질 알맹이
구별하였느냐

흙바람에 굳은 껍질
한 올 벗기면 속속들이
다 알맹이인데

살아가는 모든 것이
알맹이인데

달아 공원에서

바다에서 석양의 하늘로
이르는 길이
꿈길 속 빛살로
이어져 내려
아슴푸레 저 멀리
점점이 붉은 홍조를
띠고 웃는 섬들의
속가슴을 나는 몰라

이생에는 닿지 못할
바다 위 길이
지워지지 않을 유리에 찍혀
저 빛은 분명 그곳에 이를진데
꿈꾸지 않고서는 갈 수 없구나

제승당

동백나무 푸른 잎 위로 휘어진 적송
춤추는 율조律調 따라 구부러진 바닷길
정갈하게 윤이 나는 잎 잎마다
맑은 혼의 충무공
수루에 올라보니
서른세 번 이겼으나
이긴 흔적 없는 이긴 길이
바닷길 따라 남아 있네

사생 잔치

하층에서 보이지 않는
그림 속의 그는 갔지만
흘린 물감과 붓 자국 속에
그는 살아나누나
한바탕 벌인 잔치
다 가 버린 손님 뒤에
생의 환희와 허무가
교차하며 불타고 있다
불태운 등성이엔
숯검뎅이 거슬린 하늘이
청록색 웅덩이에 담겨 있다
붉은 벌레 일으킨 파문이
흰 여백으로 지워지고
잿더미 속에 투명의 호박이
죽지 않고 살아난다

클림트에 부쳐

소용돌이치는 그의 그림
생명나무 가지 끝에
눈들이 달려 있다
사람의 눈을 뜨고
포옹하는 여인을 바라본다

생명나무에 이는 바람은
황금의 도포를 입고
수많은 눈이 달린
모자이크를 흔든다

열중하는 연인은
태풍에도 흔들리지 않고
자기의 사랑을 완성한다

시간의 초침이 멎은 공간에서
영원의 포옹을 하고 있다
삶과 죽음이 하나가 되어

P씨의 나목

모든 옷을 다 벗은 나무
풍성한 잎과 열매
다 땅으로 돌려보내고
새봄이 오기 전에
제 원 모습을 탐구하는 나무

다 드러난 겨울의 뼈
한 대씩 회초리 맞으며
한 가지씩 뻗는다

하늘은 켜켜히 돌이 되어
별같이 박히고
아무리 캐내어도
그 화강석 은하는 끝이 없다

나무와 돌아가는 사람이
캐낼 수 없는 보석의 돌을 이고
정지된 시간 속의 어디를
하염없이 가고 있다

*P씨: 박수근.

채 장군 병사묘역에서

초월의 평등을 깨치신 이여
하늘의 별은 하늘로 돌아가시건만
당신은 병사의 옆에 누우셨습니다

월남의 전선에서도 한 사람의 양민을
살리기 위하여 백 사람의 적을 놓아도
좋다고 하신이여
당신은 하늘로 돌아가시지 않고
병사의 차디찬 땅에 묻히셨습니다

아직 마르지 않는 흙 위에
황금의 잔디 위에 당신의 마음처럼
따스한 햇빛이 비칩니다
이제 엄동을 녹일 뜨거운 별이
병사의 묘역을 훈기로 채웁니다

아름다운 별이여
당신의 낮고 낮은 지하의 광채가
하늘보다 더 높게 이곳을 울립니다

누구나 한번쯤 들여다보아야 할
자신의 거울 위에

4

강렬한 낙인으로/내 동공 속에 찍힌
빛 둥지 하나 남았다

빛 둥지

황금의 해가 징소리를 내며
관목 숲 마른 가지 사이를 비집고
제자리를 틀고 있다
새 둥지처럼 빛 둥지를 틀고 있다
빛 둥지가 땅으로 묻히면서
관목 숲에는 둥근 幻이 남았다

강렬한 낙인으로
내 동공 속에 찍힌
빛 둥지 하나 남았다

거울 하나

작은 소리
고이는 샘에
끌고 가는 수레 있어
강과 바다가 한길이네

그 소리 강이 되고
바다가 되었으나
그곳에 이르니 소리가 없네

바다 하늘 하나 되어
수평선도 사라지고
가없이 둥근 푸른 거울 하나

소리의 샘에서
보이지 않는 끈이
이곳까지 끌어올린
둥근 거울 하나

학무정에서

학춤에 홀려
속초팔경 학무정에 오르니
뼈만 남은 어느 소나무 가지
죽어 화석 된 천년 학이 되어
허공 사이에서
학춤을 춘다

지나는 구름 간절한 울음으로 불렀으나
냉냉한 바람 따라 달아나고
외로이 홀로 하늘을 향해
들리지 않는 한 소리 천지를 휘감는다

천년 전 망곡의 소리 해탈되어
학무정 허공에 가득 차다

풍경 고기

은하의 젖이 흐르는 강물
그 속에 헤엄치는 고기는
허공에 매달려 하늘을 간다

구름은 물에 녹아 풍경이 되고
바람이 만지면 소리가 된다
보이고 만져지는 하늘과 땅이
풍경에 녹아 흐르는 소리

은하의 젖으로 크는 고기는
창공을 헤엄치는 구름 속에서
떠나온 산하를 내려다보며
오늘도 강마을 소리를 낸다

달리는 준봉

천균天軍을 이끌고 이동하는 구름
설악산 준봉 위에 말 탄 장군 하나
보이지 않는 지휘봉 휘둘러
푸른 구름 그림자 속에
질풍같이 내닫는다
골짜기 바위마다 일어나는 함성
기봉奇峰마다 푸른 소리 피어올라
설악 굽이굽이 천군으로 가득하다
어떤 힘으로도 대항하지 못한다
백기를 들고 당신의 기치 아래
무릎 꿇고 바라볼 뿐

화암사[禾岩寺]에서

금강산문[金剛山門] 입구에서
가을 기운 온몸으로 쐬며
화암사 들어가니
그 산 바위 참 괴이하고 힘 있다
몇 개의 동물, 몇 알의 쌀 이삭
뿔과 고함 소리 다 찍혀
보는 눈 압도한다

사람 마음 어디에
있을 법하지 않는 세계가
말할 수 없는 기운과 형용으로
새겨진 바위산
하늘 위에 올려놓고
제 마음 들여다보며
송밀차 한 잔으로 마음을 녹인다

휴휴암에서

망망대해
동해 용왕은
운폭 큰 파도를 밀고 온다

태양은 구름 속에 숨고
어제 비춘 보름달은
관음의
어깨 뒤로 숨었다

누워서 만년을 쉰 보살은
바위 귀로
해조음을 듣는다

한 생이
한 방울 포말로
부서지건만
소리를 보는 보살은
공중에 뛰어오른
물방울에서

억만 겁 바다의

한생을 본다

샘의 소리

보아라
저 아득한 높이와
깊이에서 솟아나는 샘

홀로 옹달샘 소리 들으며
이 밤의 적정이 외롭지 않다

아무도 알 수 없는
부호 하나, 그 소리
빛나는 길 따라 흐르고 있다

무수한 생명이 태어나는 소리
허공에 가득 차
옹달샘 별들이 가득하다

너리굴 찬가

한뜻 있음에
한세상 펼쳤네
그곳엔 많은 생명이 자라고
찾아온 꽃들과 벌들이 쉬네

사슴은 아이들 구령 소리에
먼 귀를 세우고
언덕 위의 조상은
아득한 산야를 내려다보네

싱싱한 아이들 익어 가는 소리
쓰고 단 열매가 꿈나무 동산에 가득하네
어른 아이 할 것 없이 마음 쉬는 곳
너리굴 넓은 골에 마음을 풀어
한 세상 맑은 바람 정토가 되겠네

누가 있어 이 열매
영근 씨를 또 한 번 심을까

겨울 강의 기호

눈 온 강변 갈대 사이를 바람같이 걸었네
햇살은 눈 속에 흰빛으로 숨쉬고
쩡하고 갈라진 얼음 속에서
빙어는 하늘의 기호를 해독하고 있었네

바람에 미친 듯 춤추는 연
줄줄이 일 열로 날아올라
칼바람에 귀를 흔들어 댄다
들리지 않는 소리
바람에 전하여
먼 산하의 풍경을 전송하고 있다

빙어가 해독한 허공의 기호
갈라진 하늘 사이에서
바람에 전하여
먼 산하가
얼음에 찍힌
저 눈부신 기호

해빙의 봄

그해 초원의 등성이를 쓰다듬고 간 바람은
이제 봄의 햇살 타고 다시 찾아올 것이다
여리고 여린 새순을 보듬고
이 겨울은 얼마나 추웠든가

들리지 않는 소리 파도치며
이 들판의 등성이에 찾아오면
새순은 눈을 뜨고
간지러운 목을 내밀 것이다

건반을 두들기며 깡충대는 바람이
미끄러지며 내려가는 계곡엔
고깔모자 벗은 쑥이
빼꼼이 고개 들어 맞을 것이다
아지랑이 피어오를 그 속의 강이 되어
그림자 속 나무도 깨어날 것이다
연둣빛 강아지도 깨어날 것이다

바람의 언덕

거제도 바람 센 언덕에는
돌아가지 않는 풍차가
화석으로 서 있다

바람에 맞서 새들은 날아오고
사람도 그 길을 오르는데
매운 해풍에도 날아가지 않는
한 생각 있어
망부석같이 서 있는 그림자

언덕의 바람이 부딪치며
사나운 파도도 얼어붙고
애타는 그리움도 화석 되었다
잡지 못할 바람의 한 자락
망부석 그림자를 휘감고 간다

남을 것 없는
바람의 언덕 위에
화석으로 선 부동의 그림자

나무와 바람의 흔적

바람은 머물지 않고
떠나가는 것
나무에 앉을 여유도 없어
가지 끝에 울다 간다
하늘로 돌아갈
시간이 오면
길고 긴 실을 풀어
몸에 감은 것 다 벗고
무색 칠을 하고 간다
둥근 선 하나
나무 속에 남았다

송도에서 2

갯벌에 놀던 게는
아스팔트 아래 화석이 되고
바다의 징검다리
그 섬에 가는 길은
기억의 풍경으로 살아 있는데
바다 위를 달려
하늘로 오르는 다리는
먼 안개 속으로 사라졌다

자물쇠가 열리면서
스물스물 그때의 풍경 속에
게들이 기어 나와
저만치 그대 그림자 따라
바다 한가운데를
하염없이 걸어간다

송도에서 3

바닷물이 밀려오면
없어지던 물속 길
그 섬에 가는 길은
기억의 소라 속에
살아 있는데
그 풍경을 꺼내
그리는 화인이 있어
그대 작은 섬은
죽지 않는 길 위에
항상 떠 있다

용문

용문으로 가는 길
캄캄한 굴을 지나고
두 강이 합친 물 위를 지나
용이 간 길은 험난하고 장쾌하다

용문산 아래
소나무들도 용이 되어
하늘로 오르는데
바위 타고 흐르는 물은
못 본 듯 지나간다

용문에 꼽힌 주장자 하나
천년 은행목이 되어
오고 가지 않는데
사람들이 용문에 오르며
하루같이 오고 가네

줄탁동시

둥근 알 깨고 나올 때
안에서 스스로 깨고
밖으로 두드려 깨어지니
어느 것이 먼저인가

젖은 날개 말려
두 발로 서니
세상이 그곳에 섰네

날아갈 날은 멀어도
바라보는 곳 높아
하늘과 땅 사이가
다 길일세

알에서 깨고 나온 순간
밖에서 깨어 준 이 만나
모자 사제가 하나의 길
절묘한 동시의
길 위에 섰네

바위 원형

그곳에는 보이지 않는
기운이 있다
대륙과 대륙이 부딪치며
해저에서 땅을 뚫고 솟은 바위
각가지 형상 속에
원형의 모습이 있다

정좌하고 세상을 내려다보는
왕이며 보필한 군신이
벽감에 서 있고
하 많은 중생과 불보살도
다 깎이지 않은 형상 속에
숨어 있다

어느 긴 세월 풍우가
원형을 드러낼 때
비로소 볼 것이다
형상 아닌 본래의 모습

5

긴 시간 속에 태어나/사라지는
죽을 수 없는/바람의 몸이니라
빙하여/우레 소리로 짜개지는/네 몸의 비밀이여

빙하에게

남기지 마라
남길 것 없는 형상으로 굳어
너인 양 있지만
너는 원래 물이요 구름이요
비와 눈이었을 뿐
너는 굳을 수 없는
몸이었느니라
긴 시간 속에 태어나
사라지는
죽을 수 없는
바람의 몸이니라
빙하여
우레 소리로 짜개지는
네 몸의 비밀이여

멘델글레시어

시간이 멈출 때까지
쏟아지는 폭포
옆구리 위로
아득히 밀려 내린 빙하가
강을 만나
짜개진 시신이
물 위에 뜨고
아득한 시간 전에
물이었던 기억을
되찾아 가고 있다

글레시어 가든

정상으로 오르는 키 큰 나무들
수없이 대화를 나누다
고사한 가지들이
시간 속에 파묻히고
오직 하늘을 보기 위해
빛에 다가가는 자만이
대화에서 승리한다
이 밀림의 나무 속에
하늘로 다가가는 여정은
인간의 어느 전쟁사보다
치열하구나
거꾸로 세운 너의 시신을
갖가지 꽃들이 덮고 있지만

대해의 행군

망망대해 은빛 파도
빛살을 따라가며
수억만 마리
파도의 은어 떼가
수평으로 달려간다
바다 위에 빛살로 구겨진
은종이 위로 갑자기
솟구치는 검은 물체
빛살을 가르며 뿜으며
대해를 행군하는 주인공
힘센 파도가 그를 따른다

알래스카 피요르드

영산의 구름 속엔 신비한 영이 있어
설백의 얼굴을 가린다
드러내 보일 땐 거인의 이마와 코 입이 분명한데
말 하려면 다시 구름으로 가린다

구름을 뚫고 나타난 검은 새
하늘의 사자인 양 고공에서 무엇을 보는가
설산의 구름은 시녀인가 대변인인가
이마에 쓰고 치마에 두르고

수면의 긴 장금은 빛으로 맞춘 칼
한 번도 써 보지 못한 수평의 칼
노을이 걷어 간다

해인 2

꿈에서 깨어 보니
바다에 비친 달
빛 다리를 놓아
요요히 빛나더니
마음의 거울 하나
허공에 박아 놓고
천강이 하나 된
바다에서 사라지다

몽환

꿈에서 나는
환幻이 아닌 실재지만
깨고 나면
한바탕 환幻인 것을
열심히 열심히 꿈꾸고 있다
낙타도 사람도 꿈꾸고 있다

그곳에 오아시스는 없고
모래바람에 발자국도 지워져 없다

별이 잠든 밤엔 촛불도 잠든다
깨어 있는 꿈을 마시는 대지와 강
밖에는 달빛이 쏟아지는데
붙잡을 수 없는 실체의 그림자
이 언덕 어디로 숨었는가

눈을 감고 보이는 세상은
꿈속에 보았던 한 줄기 빛살

꿈속에서 투명의 내가
만들 수 없는 그림자 안고
세상놀음 많이도 하였네

우담바라

그것은 말길이 끊어진
절벽 끝에 있었네

그 적멸의 심연에서
형용할 수 없는 진주
당신의 말씀

한 웅큼 받들어
떨리는 손
머리 위로
바라보지 못하고
당신 앞에 엎드려
절하노니
당신은 하늘보다 높고
바다보다 깊구나

내 뿌리가 녹아
당신이 되는 날
그곳에 필 한 송이 꽃

삼중주

꼭짓점이 변하는 삼각형
돌아가면서 저변이 되고
비스듬히 사다리로 오르기도 한다

내리고 오르다가 그곳에 닿으면
마음 찡하게 한 번 울리고
소리 없이 제자리에 가 앉는다

그곳에는 큰 귀가 달려
숨었던 소리가 감기고
헝클어졌다가도 풀린다

오묘한 소리
저변에 가라앉아
가슴 깊은 곳 찌르고 숨어
귀퉁이 어느 곳에 망보고 있다

윗비섬 갤러리

바닷속 먼 식당
작열하는 햇빛 위로
피어나는 뭉게구름
꿈같은 풍경이 갤러리에 걸렸다
몽타주 한 사진은 알루미늄 위에
전사되고
작가인 주인 노파가
가르친 작품은 꿈을 꾼다
황혼의 노을이 새벽과
맞닿아 있다

벌을 초대합니다

처가 받아 온 방울토마토 세 그루
화분에 심어 놓고 좋아했는데
한 그루 키를 못 이겨 꺾어져 죽고
나무젓가락 이어 만든 지대에 기대
두 그루 잘도 자란다
노란 꽃 피어 방울토마토 열린
실없는 꿈을 꾸었는데
아뿔싸 이 거실엔 벌이 없구나
이른 봄 어디에서 벌을 모셔 오랴

한강 서래 섬 언덕엔 작은 별꽃 낱낱이
벌이 입 맞추었는데
오늘 그 벌을 초대합니다
별 속에 방울방울 떨어지는 토마토
이 방에 열린 그림 그리며
벌을 초대합니다

양의 형용

메리어트, 양의 뿔이
하늘을 떠받들고
혹 불거진 머리 아래
왕처럼 내려다본다

세상의 소리
다 들을 것 같은
암갈색 귀는
부딪쳐 튕기는
소리까지 감지한다

벽에 뚫린 둥근 원 속에
뿔 달린 짐승 하나
아득한 지평을 가로질러
허공을 달린다

기린

길고 긴 목은
하늘의 별을 따려
나무에 걸린 잎을
뜯어낸다

길어진 다리와 목이
지상의 망루에서
하늘에 이르는 길을
재고 있다

홍학

몸 받쳐 길게 뻗은
두 개의 젓가락
얕은 수면의 거울에
줄지어 비추고 있다

붉은 의관으로
차려입은 그대는
고고한 소나무 위의
주인이 아니다

떼 지어 뛰는
군무에 열중해
흰옷을 저 버린
세월도 모른다

오직 붉은 의관으로
뽐내며 춤출 뿐

은하의 노래

우리는 늙고 노쇠했지만 안드로메다
당신의 은하계는 젊은 블랙홀을 가졌지
우리가 녹아들어 그대는 우리를 재생할 것이다
거품들 용광로에 끓고 녹아 새로 태어날 것이다
신생아가 태어나듯 신생별이 태어날 때
무슨 일이 있을까
아기는 울었지만 지켜보는 모든 이가 웃었듯이
너는 하늘에 매달려 세상을 처음 보고 울었다
삶의 시작이 우레와 같은 울음 자유의 울음인데
웃고 있는 이들은 무슨 일일까
언젠가 일러 줄 것이다
울음과 웃음의 의미를
고락상반의 바퀴가
너를 영글게 하여
또 하나의 별이 빛난다
은하의 작은 점이여

우리들의 빅뱅

더할 나위 없는 밀도가 터지면서
찰나의 우주가 탄생했다
이름 없는 우리는 그 이전에 있었고
우리 몸은 그 이후에 만들어졌다
수소와 헬륨이 핵융합을 하면서
수많은 우리들을 만들어 냈다
녹스는 철광과 녹슬지 않는 금이
동시에 만들어져 흩어졌다
녹슨 우리들은 흙이 되고
그 속에 금은 죽지 않았다
우리들은 빛을 따라 생명이 되었으나
숲은 불타 숯이 되고 석탄이 되고
투명의 화석 금강석이 되었다
죽지 않는 우리들은 그곳에 있다
시작도 끝도 없이 그곳에 있다

백두의 새해

천지에 새해가 떠오른다

백설이 성성 쌓인 연륜을 녹이며
장엄한 새해가 천지에 떠오른다

보아라 쌓여 온 높이만큼
천지는 깊고 아득하여
그 나이테의 수를 세지 못한다

오직 새로운 하늘과 마주 할뿐
그 깊은 속내를 드러내지 않는다
지나온 긴 시간의 열정과 희원
아직도 깊은 속 불꽃은 타고 있다

천지가 모든 것을 내려놓을 때
천지는 가장 낮은 강이 된다
급하지도 느리지도 않게
근원의 바다에 이를 때까지
새해에도 흐르는 강이 된다

*실버타임 원단시.

정토의 나무

—교불련 25주년에 부쳐

서풍이 불어 가지가 휜
척박한 이 언덕에
올곧은 기둥으로 서고자
뿌리 내린 교불련 25년의 나무

사바정토를 그리며
지성의 샘을 길어
힘들게 자랐다

종종의 열매를 수확하였으나
풍성한 그늘과 열매로
이 언덕을 덮기에는
아직도 샘물이 모자란다

겨울이면 북풍이 몰아오고
나무의 수액은 봄을 위해
천의 눈을 뜨고자
저 언덕을 오르지만
아직도 이 언덕의 바람은 차다

정토의 나무여
더 굵은 뿌리와 기둥을 세워
바람 세찬 이 언덕을 지켜다오

깨어 있는 가지마다
푸른 눈을 떠서
꽃과 열매가 풍성하게 하소서

그리하여 이 언덕이
바라밀 된 저 언덕이 되게 하고
시방세계 삼천리로 빛나게 하소서
정토의 나무 아래 숨 쉬는 그대여
빛으로 찾아와 빛이 된 님이여